STATION EN PÉRIL

MALLORY SAJEAN 1.5

AF077514

PHILIPPE MERCURIO

NOGARTHA.FR

Rejoignez l'équipage du *Sirgan* !

Inscrivez-vous à la newsletter et recevez gratuitement :

- La nouvelle « Station en péril » (ebook et audio)
- Le guide illustré de l'univers de Mallory Sajean (ebook réservé exclusivement aux abonnés)
- Le début du roman fantasy « L'arbre au bout du monde »

Visitez nogartha.fr

Copyright © 2017 Philippe Mercurio
Tous droits réservés
ISBN : 9791097258030
Dépôt Légal : Avril 2017
Illustration de couverture : © 2019 ; Sariya Asavametha

I
ULTIMATUM

Lorsqu'il s'arrima à la station spatiale, une vibration à peine perceptible parcourut la membrure du *Sirgan*, le vaisseau-courrier de Mallory Sajean. Elle abandonna le cockpit et dévala l'étroite coursive traversant son navire pour se rendre au sas. Aussitôt la pression d'air équilibrée, la porte s'ouvrit sur un véritable chaos.

Les docks portaient les marques de récentes explosions. À moitié calcinés, des débris jonchaient le sol. Apparemment, un conteneur rempli de nourriture avait volé en éclat. Une âcre odeur de plastique fondu se mêlait à celle des aliments éparpillés. Un peu partout, des traînées noires maculaient les cloisons métalliques. L'intérieur de la station s'étalait en longueur de chaque côté, offrant le même spectacle sur des centaines de mètres. Avec une inquiétude croissante, Mallory nota l'absence de tout être vivant, alors qu'un tel lieu aurait dû grouiller de monde…

— Génial ! s'exclama-t-elle. J'ai encore choisi le mauvais

endroit !

Elle tendait la main vers la commande du sas, quand un alien à la peau sombre et luisante surgit d'un couloir qu'elle aurait juré désert une seconde plus tôt. Pourvu d'un corps sphérique, il ressemblait à un têtard géant sans queue, une grosse boule dont les bras et les jambes formaient de longues tiges articulées. Des membres qui paraissaient presque trop fragiles pour supporter sa masse…

En quelques foulées dans la faible pesanteur, il se précipita sur l'humaine et lui colla une arme sous le nez.

— Vous ! Venez avec moi ! cracha-t-il à travers le boîtier traducteur fixé près de sa bouche.

Il agita son grossier revolver pour indiquer qu'il fallait le prendre au sérieux.

Mallory, dont ce n'était pas la première rencontre avec une créature armée et agressive, se contenta de l'étudier en détail. Renforçant l'apparence batracienne de l'alien, un visage disproportionné s'étalait sur son anatomie bulbeuse. Autrement dit, sa face était large d'un bon mètre et ses yeux jaune pâle grands comme des assiettes. Sous une paire d'évents nasaux monstrueux, une gueule de crapaud, tout aussi démesurée, complétait le tableau.

Un maslik. Mallory s'en étonna : qu'est-ce qu'une espèce détestant la technologie pouvait faire dans une station spatiale ?

Même s'il dominait l'humaine d'une trentaine de centimètres, elle paraissait plus solide que lui. Gainée dans une combinaison de vol noire, sa silhouette à la fois musclée et féminine dénotait la pratique assidue d'un sport de combat. Ses manches retroussées laissaient voir des tatouages qui recouvraient ses avant-bras et le dos de ses mains : un entrelacs de ronces sur fond de peau claire.

— Obéissez, femelle terrienne ! insista l'extraterrestre belliqueux.

Boîtier traducteur ou pas, le ton de la voix était méprisant. La colère s'inscrivit sur le visage encadré de cheveux noirs

de la jeune femme. Les sourcils froncés, elle darda ses yeux sombres dans ceux de son agresseur :
— Et si je...
Le claquement sec d'un coup de feu l'interrompit. Devant elle, le maslik s'écroula. Mort. D'un côté du cadavre, un liquide vert débordait d'un trou de deux centimètres. De l'autre, la balle était ressortie en créant une ouverture dix fois plus large, par laquelle s'échappaient les viscères de l'alien.
Mallory scruta rapidement la station d'un bout à l'autre. Elle aperçut une ombre se rapprochant du vaisseau. Une ombre avec un fusil. Sans savoir si elle n'allait pas être la prochaine victime du tireur, elle décida d'éviter le contact direct pour le moment. D'une tape sur le panneau de commande, elle déclencha la fermeture du sas. Un nouveau cycle d'équilibrage atmosphérique s'effectua, et elle put retourner à l'intérieur de son appareil. Remontant la coursive principale en direction du cockpit, elle lança :
— Jazz ! Connecte-toi au réseau de la station. Une véritable bataille a dû se livrer ici et les survivants jouent à « tire d'abord pose des questions ensuite », mais il doit bien rester quelqu'un d'assez sensé pour nous expliquer ce qu'il se passe.
Claire et harmonieuse, une voix masculine jaillit des haut-parleurs de bord :
— Désolé, capitaine, je n'ai aucun accès. D'ailleurs, les griffes d'arrimage du dock sont verrouillées. Nous sommes coincés...
Cerveau humain enchâssé dans les systèmes de gestion du navire, Jazz tenait les rôles de copilote et d'unité centrale. Il représentait une catégorie peu répandue : celle des « Intelligences Naturelles » ou IN, en opposition aux banales IA. Certes très rapides, ces dernières manquaient cruellement de flexibilité.
Mallory ne perdit pas une seconde à se lamenter. Elle repartit en sens inverse et se rendit jusqu'à une cabine transformée en caisson de stase. Une fois devant, elle porta la

main au bracelet en argent qu'elle avait au poignet gauche : son *navcom*.

Projetée devant elle par cet appareil de communication, une série d'icônes lumineuses défila. Elle se concentra sur l'une d'elles : un ours en peluche. Sur la porte du caisson, une lampe témoin passa du rouge à l'orange clignotant. Sous peu, le troisième membre de l'équipage allait être opérationnel...

Toujours réveiller Torg avant d'accoster, se reprocha Mallory. *Je devrais le savoir depuis le temps !*

Cette escale s'annonçait vraiment mal. Elle regrettait sa décision : elle était attendue dans le système d'Aldébaran et une halte ne s'imposait même pas. En plus d'être sur le trajet, cette station devait sa renommée à la présence permanente de nombreuses espèces. Elle était aussi censée disposer d'excellentes commodités, grâce à un générateur plus puissant que ceux dont bénéficiaient habituellement ce genre d'endroits. La pilote rêvait de longs bains chauds et de massages pendant deux, peut-être trois jours, seulement interrompus par de bons repas. Pour avoir simplement voulu se changer un peu les idées et se détendre avant sa prochaine mission, elle se retrouvait en zone de guerre !

Jazz se manifesta de nouveau :

— Capitaine ? Un type armé d'un fusil et en uniforme frappe contre le sas du navire. Je pense qu'il souhaite nous parler.

Le tireur, comprit Mallory. Puisqu'il était impossible de joindre quiconque, elle allait devoir faire avec cet individu.

Sur le dock ravagé se trouvait un régulien. Humanoïde à la peau verte, il se distinguait des terriens par un orifice frémissant en guise d'appendice nasal. Quand l'écoutille s'ouvrit enfin, il recula brusquement.

S'extirpant du sas, un colosse de deux mètres et demi se planta devant lui. Mal à l'aise, le régulien effectua un nouveau pas en arrière.

Issu de croisements entre diverses espèces aliens, Torg

était un cybride. Sa fourrure noire zébrée de rouge cachait une musculature à faire pâlir de jalousie un bulldozer et ses articulations étaient renforcées de pièces d'acier reliées entre elles pour former un exosquelette. Un garde du corps idéal, qui avait sauvé la vie de Mallory à de nombreuses reprises.

Il se pencha sur l'extraterrestre verdâtre et lui demanda sèchement :

— Vous jouez à quoi ici ?

Sa contenance retrouvée, le régulien en uniforme répondit avec un accent prononcé, tout en voyelles chantantes :

— Sergent Toskaï-Rij, agence de police privée CA-23. Je veux parler au capitaine de ce navire.

Surgissant de l'intérieur du *Sirgan*, Mallory contourna l'énorme cybride et apostropha l'alien :

— Pour un policier, vous n'y allez pas de main morte avec votre fusil, jeta-t-elle sur un ton accusateur, tout en montrant du doigt le cadavre qui gisait devant le sas.

Se radoucissant, elle ajouta :

— Bon, je dois avouer que votre intervention est plutôt bien tombée et je vous en remercie, mais j'aimerais savoir ce qu'il se passe.

Le régulien hocha légèrement la tête :

— Une tribu de masliks a pris la station en otage. Mes collègues et moi sommes les seuls à leur offrir un peu de résistance. Malheureusement, ils se sont retranchés dans le poste de commande, avec deux douzaines de captifs. Aucun vaisseau ne peut partir : ils ont coupé l'alimentation principale des griffes d'arrimage.

Mallory en eut mal au ventre : les griffes des docks standard étaient conçues pour rester fermées au repos. Elles s'ouvraient seulement sous tension ou mécaniquement, à l'arrivée d'un navire à quai. À l'instant même où le *Sirgan* avait abordé, le piège s'était refermé…

Elle digéra ces informations et demanda :

— Ils veulent quoi ces gros têtards ? Ils ne font pas ça pour le plaisir, au moins ?

À l'idée que l'on puisse s'attaquer aveuglément à des innocents, son sang bouillait. Après le terrible épisode vécu dans le système de Procyon[1], elle n'allait pas s'effrayer d'une bande d'outres enragées et technophobes.

Toskaï-Rij n'eut pas besoin de lui répondre. Le long des quais, à vingt mètres d'intervalle, le même hologramme s'afficha. Il se résumait à une phrase en plusieurs langues :

« RENDEZ-NOUS LE SORFAL OU NOUS DÉTRUISONS LE CENTRE DE CONTRÔLE ET LES OTAGES AVEC UNE CHARGE EXPLOSIVE. »

Chaque idiome s'accompagnait d'un compte à rebours dans l'échelle temporelle correspondante. Un frisson dans le dos, Mallory découvrit qu'il ne restait que trois heures…

Provisoirement à l'abri dans la cambuse du *Sirgan*, Mallory et Torg écoutaient les explications du policier. La cuisine de bord était si étroite qu'ils avaient dû replier la table pour leur permettre de s'asseoir tous les trois. Le sergent Toskaï-Rij résuma rapidement les faits :

— Mon escouade est chargée de convoyer le sorfal vers le système de Capella. Dès que nous avons accosté, les masliks ont pris le contrôle de la station et bloqué les navires. Ils devaient guetter notre arrivée.

Laissant le tact de côté, Mallory assena :

— Donc, il y a un traître dans votre agence, voire au sein de votre équipe…

Il cligna des yeux et sa peau devint vert sombre, signe d'un embarras marqué.

— Disposer de cette excuse me faciliterait la vie. Les

---
[1] Voir *Mallory Sajean 01*

masliks étant des primitifs, j'ai opté pour un itinéraire direct vers Capella. J'ai foncé tête baissée dans un piège, persuadé d'être en sécurité. Il est probable que d'autres groupes se trouvaient sur chaque trajet possible...

Mallory haussa les épaules : ce n'était pas son rôle de distribuer des blâmes. Une question la démangeait toutefois. Machinalement, elle ramena ses cheveux coupés au carré derrière ses oreilles et demanda :

— C'est quoi, un sorfal ?

Toskaï-Rij contra avec impatience :

— Je ne suis pas autorisé à communiquer ces informations. Sachez seulement qu'il s'agit d'une créature très dangereuse : nous sommes contraints de le maintenir en stase, même s'il est enfermé dans un compartiment blindé.

Mallory ne fut pas surprise par ce refus de s'étendre sur le sujet. La confirmation qu'elle venait de mettre son nez dans une affaire importante attisait sa curiosité : s'il croyait qu'elle allait se contenter d'une réponse pareille, il rêvait. Elle se promit de ne pas partir sans comprendre pourquoi une bande de masliks menaçait la station.

En se relevant lestement, elle conclut :

— En tout cas, les gros têtards doivent être sous la coupe de votre sorfal d'une façon ou d'une autre, sinon ils n'auraient jamais osé se lancer dans l'espace. Encore moins utiliser une bombe...

Toskaï-Rij acquiesça :

— Exact. D'ailleurs, il s'agit de la raison de son arrestation : exploitation d'une espèce sous-développée.

Sur les bras de Mallory, les tatouages avaient changé. Sensibles à son humeur, les motifs évoluaient en permanence. Des boutons de rose étaient apparus parmi les ronces, apportant une touche de rouge : sa colère retombait, remplacée par l'excitation face au danger. Plus qu'une pilote, elle était aussi une combattante. Hors de question qu'elle reste les bras croisés pendant que d'autres risquaient leur vie.

— Torg et moi allons vous aider, annonça-t-elle.

— Et moi, tu m'oublies ? se plaignit Jazz sur l'intercom du navire.
— OK, corrigea-t-elle avec un sourire, nous trois...
Elle s'adressa de nouveau au policier :
— Quel est votre plan ?
Il eut une réaction assez classique :
— Je ne pense pas que des civils...
— Stop ! coupa Mallory. Qui parle de civils ? Vous avez ici un cybride poids lourd et une Intelligence Naturelle dotée d'un QI de cent quatre-vingts. Alors on accepte les renforts et on remballe sa fierté !
— Et ma capitaine est capable de tuer à mains nues ! crut bon de renchérir Jazz.

Sous la contrariété, Mallory plissa ses yeux légèrement bridés et de nouvelles ronces apparurent sur ses avant-bras. Sa maîtrise du combat au corps à corps n'était pas la mention qu'elle voulait afficher en haut de son CV, même si elle figurait parmi les principales raisons de son recrutement à plein temps par une puissante espèce extraterrestre.

Le teint de Toskaï-Rij fonça de nouveau.
— À voir votre vaisseau-courrier, je vous prenais pour de simples transporteurs, s'expliqua-t-il.

Espérant que Jazz tienne sa langue, elle se garda de lui avouer qu'il avait presque deviné juste.

Il se leva à son tour et conclut :
— On rejoint mon escouade et je vous assignerai chacun un rôle.

Au pas de course, ils traversèrent les docks dévastés. Tandis que le régulien balayait les alentours avec le viseur de son arme, Torg s'efforçait de protéger Mallory en lui faisant un écran de son corps. Sous sa fourrure rouge et noir, le cybride possédait une peau assez dure pour stopper les balles de petit calibre...

Ils longèrent une douzaine de quais. Chacun formait une sorte d'immense sas. À l'intérieur, un berceau d'arrimage équipé de solides griffes de maintien permettait d'intervenir sur la coque des navires. Les emplacements vides se signalaient par un grand panneau d'acier : quand la porte côté station restait verrouillée, l'extérieur était ouverte, laissant les appareils à l'arrivée accoster. Dès que l'un d'eux avait pris place, un cycle précis inversait leur position.

Parvenu devant un cargo blindé auquel Mallory trouva l'allure d'une brique couverte de rouille, Toskaï-Rij s'arrêta. Il porta une main à son cou et marmonna une phrase inaudible. Le sas du vaisseau à la structure renforcée s'escamota et le petit groupe s'engouffra à bord.

Curieuse, Mallory étudia le transport de prisonniers. Le cockpit et les fauteuils destinés aux passagers occupaient un unique espace. Alignées le long de la cloison, deux rangées de sièges se faisaient face. Tous disposaient de harnais de sécurité et d'un endroit où fixer des menottes. Vêtus du même uniforme que Toskaï-Rij, deux réguliens y étaient installés. Ils regardaient avec intérêt le géant à fourrure qui accompagnait l'humaine.

Au fond du compartiment, elle remarqua une épaisse porte blindée gardée par un troisième policier : la cellule du fameux sorfal, devina-t-elle.

Toskaï-Rij ne se perdit pas en politesse. Dans son langage natal, il exposa les faits à son équipe :

— Nous avons des renforts inattendus, mais la situation n'est pas brillante. Les vaisseaux sont toujours bloqués à quai et les masliks détiennent une vingtaine d'otages dans le centre de contrôle. La menace de le faire sauter est à prendre au sérieux. Nous devons régler le problème rapidement.

En trois pas, il atteignit les deux sièges du cockpit. Penché sur le tableau de bord, il ajouta :

— Les communications restent inutilisables. Les masliks ont dû mettre un brouilleur en orbite proche. La priorité est au déverrouillage des docks. Si des navires peuvent s'enfuir, ils parviendront peut-être à transmettre l'alerte avant qu'il ne soit trop tard.

Il abandonna le poste de pilotage pour se retourner vers

Mallory et poursuivre dans son terrien aux intonations chantantes :

— Vous allez nous accompagner à l'extérieur. Accolés à l'autre extrémité de la station se trouvent la centrale énergétique et son réacteur à fusion. Un ensemble de câblage les relie aux systèmes d'accostage. Cette partie du réseau électrique est à la fois accessible et vulnérable. Pour couper l'alimentation des griffes d'arrimage, les masliks ont forcément agi à cet endroit.

Toskaï-Rij parut jauger la pilote du regard et continua :

— Nous avions décidé de sortir et de nous frayer un chemin jusque-là pour évaluer les dégâts et tenter de réparer. Nous sommes en sous-nombre. J'accepte de vous confier une arme, mais vous vous tiendrez en arrière. Pendant ce temps, votre cybride fera diversion en focalisant l'attention des masliks sur l'intérieur de la station. D'accord ?

Mallory haussa les épaules et répondit :

— Ça me va.

Elle verrait bien sur place. La probabilité que tout se déroule comme prévu avoisinait le néant... Elle n'allait sûrement pas rester les bras croisés quand les choses dégénéreraient. La tête tournée vers son garde du corps, elle lui demanda :

— Torg ? C'est bon pour toi ?

Le cybride se redressa et lança :

— Tes preneurs d'otages, tu les veux hachés menu ou passés à l'attendrisseur ?

Une douzaine de masliks patrouillaient dans les corridors qui menaient de la station au centre de contrôle. Progressant par petites impulsions de leurs maigres jambes, ils avançaient d'une section à l'autre et en vérifiaient les verrous. Rien ne pouvait passer. Ils en étaient certains.

Bientôt, les étrangers à la peau verte qui avaient enlevé le sorfal le relâcheraient sous la menace. Guidés par cet être supérieur, les masliks prendraient le chemin du fadipa, la dimension de l'éternel contentement. Il leur avait promis.

Les extraterrestres aux corps sphériques n'hésiteraient pas à se sacrifier pour lui. Perdre la vie au combat était un des huit raccourcis vers le fadipa. Le guide leur avait dit.

Le fracas d'un battant qui subissait des coups de boutoir mit fin à ce train de pensées mystiques. Armes brandies, ils se précipitèrent en direction du bruit.

— Mort aux ennemis du sorfal ! clamèrent-ils dans les sifflements et coassements caractéristiques du parlé maslik.

Tels des insectes qui s'insinuaient dans les voies respiratoires d'un animal à l'agonie, ils dévalèrent les couloirs aux cloisons métalliques de la station. Ils arrivèrent au moment où le panneau s'arrachait de ses gonds pour s'écraser au sol dans un claquement retentissant.

Dans le cadre de la porte détruite, les masliks découvrirent un colosse à la fourrure noire zébrée de rouge.

Il n'accorda qu'un vague regard aux aliens avant de se jeter sur eux. Le premier réflexe des créatures globuleuses fut d'ouvrir le feu. Craché par leurs armes rustiques, un déluge de plomb s'abattit sur Torg. Les projectiles ricochèrent sur sa peau renforcée sans dommage. À peine ralenti, il parvint à la portée du maslik le plus proche. Il lui lança un coup de poing si violent que le corps sphérique de l'alien éclata tel un fruit trop mûr, répandant une vague d'hémoglobine verdâtre et de viscères sur ses congénères restés en retrait. Avec dégoût, Torg renifla et contempla sa main recouverte de sang. Il marmonna :

— Ils sentent aussi mauvais dedans que dehors... Dommage. Au premier coup d'œil, ils avaient l'air appétissants.

Au lieu de fuir, comme tout être doué d'un minimum de raison, les masliks rescapés se précipitèrent sur le géant en hurlant.

Torg n'en demandait pas tant : il ne pensait pas réussir aussi facilement à ce qu'ils s'acharnent sur lui. Les genoux légèrement pliés et une jambe en arrière afin d'assurer son appui, il s'apprêta à les affronter...

Au même moment, Mallory, Toskaï-Rij et deux des policiers réguliens progressaient sur le revêtement extérieur de la station spatiale. Protubérance métallique collée à la surface d'un astéroïde, elle atteignait près de cinq cents mètres de large sur sept cents de long.

Mal à l'aise dans la combinaison trop grande dont elle avait dû se contenter, Mallory ajusta la position de son casque. La visière à peu près en face des yeux, elle contempla la planète autour de laquelle orbitait le gigantesque rocher qui supportait la station.

Autrefois en proie à une intense activité tectonique, l'astre se réduisait à une boule charbonneuse, ponctuée de points orange vif à l'emplacement de quelques volcans toujours en activité. Au loin, la pilote nota une lueur rubis : l'étoile au cœur du système. D'un volume légèrement inférieur à celui du Soleil, Sileise était une naine rouge.

Sous cette lumière écarlate, Mallory avait l'impression que les bâtiments collés au roc se composaient de cuivre. Devant elle, les trois réguliens, équipés de combinaisons identiques à la sienne, avançaient aisément. Elle les vit se faufiler entre deux échangeurs thermiques auxquels elle trouva une étrange similitude avec des canons.

Sur le torse de sa tenue spatiale, un clavier permettait

d'accéder à différentes fonctions. D'un doigt, elle activa la radio qui autorisait la communication avec les policiers :
— Toskaï-Rij ? appela-t-elle sur fond de parasites électromagnétiques. Le centre de contrôle est encore loin ?
— Nous sommes arrivés au-dessus du réacteur à fusion, notre objectif est proche, répondit le sergent. J'espère que votre cybride fait bien son boulot là-dedans, sinon...
Le policier s'interrompit, pour reprendre aussitôt :
— À couvert ! Vite ! cria-t-il.
Familière de ce genre de situation, Mallory obtempéra en un clin d'œil. Avant de se dissimuler derrière le pied d'une large antenne parabolique, elle eut toutefois un aperçu de la menace.

Un maslik deux fois plus gros que ses semblables se précipitait vers eux, une arme dans chaque main. Lourdement altéré, son corps recouvert de plaques d'acier et d'appareils destinés à augmenter sa force lui permettait d'évoluer dans le vide sans scaphandre. Bras et jambes organiques avaient laissé place à d'épaisses poutres métalliques, mues par des vérins. Des capteurs capables de balayer une multitude de spectres lumineux remplaçaient ses yeux et sa bouche.

— Merde ! jura Mallory. Les crapauds fous ont des cyborgs !

Braquant ses revolvers, l'alien modifié ouvrit le feu...

II
COURT-CIRCUIT

Le souffle de sa respiration en fond sonore, Mallory risqua un œil hors de son abri. Le cyborg maslik s'acharnait sur un ensemble de conduites qui servaient au refroidissement du réacteur. Faute de mieux, les réguliens s'étaient réfugiés derrière ce maigre rempart.

Elle aperçut l'un d'eux : il dérivait au sein d'un nuage de sang dans la faible pesanteur, sa tenue spatiale déchirée en de multiples endroits. La pilote revint prudemment à sa position initiale, cachée par le large pied métallique de la parabole. Sur la visière de sa combinaison, un signal d'alerte lui indiquait que son rythme cardiaque était trop élevé.

Basculant la radio sur la ligne de son navcom, elle appela Torg :

— Laisse tomber la diversion, on a besoin de toi ici ! Ça urge.

— Je vais faire de mon mieux, mais je dois d'abord me débarrasser d'un têtard plus costaud que les autres...

répondit-il.

— Toi aussi ? Je n'y comprends rien ! Comment des réfractaires à la technologie ont pu accepter d'être transformés en cyborgs ?

— Tu demanderas à nos amis policiers, suggéra Torg avant de couper la communication.

D'un bref regard, Mallory s'assura de la position du maslik géant. Elle vit qu'il avait acculé les deux réguliens survivants dans un cul-de-sac. Il usa de ses revolvers sans discernement et en vida les chargeurs. Le déluge de plomb eut raison de l'un des aliens à la peau verte. Toskaï-Rij se retrouva seul face au cyborg. Le régulien essayait vainement de le repousser : les balles ricochaient sur le blindage du monstre. Ses armes devenues inutiles, celui-ci les délaissa et avança avec l'intention de broyer Toskaï-Rij entre ses griffes métalliques.

Si Mallory ne trouvait pas un moyen de distraire le maslik, le régulien n'en avait pas pour longtemps...

— Je le savais. Encore un plan qui aura marché moins de cinq minutes, grogna-t-elle en se contorsionnant dans sa combinaison spatiale.

Grâce à la marge offerte par la tenue trop grande, elle retira son bras droit de la manche et le glissa à l'intérieur, le long de son corps. Elle se sentit alors particulièrement vulnérable. Si le cyborg la surprenait ainsi, il l'écraserait comme un cafard avant qu'elle ne puisse esquisser un geste.

Arrivée près de la taille, elle dut forcer pour passer la main entre sa hanche et cette partie du scaphandre.

— Allez ! s'exhorta-t-elle en poussant vers le bas. J'ai toujours dit que les régimes c'est pour les névrosés, je vais pas changer d'avis maintenant !

Enfin, après un moment pénible où elle crut être bloquée, elle parvint à saisir un objet fixé sur sa cuisse. Un tube argenté, long d'une quinzaine de centimètres. Elle le serra à pleine main et le relâcha aussitôt. Tandis qu'elle remettait son bras dans la manche de la combinaison, un épais liquide bleu jaillit du petit cylindre et lui rampa le long du corps en épousant chaque forme, pour la recouvrir intégralement. Bénéfice inattendu d'un de ses précédents contrats[2], cette « peau » offrait une protection digne des tenues de combat les plus avancées. N'en possédant qu'une seule, elle l'utilisait avec parcimonie. Si elle restait vulnérable à une exposition au vide, ce surcroît de sécurité la rassura. D'un pas décidé, elle sortit à découvert et s'approcha du maslik. Il arrachait une à une les canalisations qui abritaient sa cible, créant un brouillard de cristaux de glace au fur et à mesure que leur contenu se perdait dans l'espace.

Mallory l'observa avec inquiétude : il était vraiment monstrueux. Distendu sous la pression des organes, son corps globuleux paraissait près d'éclater. Les épaisses plaques d'alliage recouvrant une bonne partie de son anatomie servaient à la fois à le protéger et à maintenir son intégrité physique. Les bras et les jambes artificiels qui remplaçaient ses membres biologiques semblaient capables de transpercer facilement les murs de la station. Installées sans égard pour la santé de l'alien, ces articulations métalliques jaillissaient de sa peau dans un dégoulinement d'humeur verdâtre.

Sa respiration inconsciemment retenue, Mallory dégaina le revolver confié par Toskaï-Rij. *Et voilà. Au lieu de me prélasser dans un bain chaud, je pratique le tir sur un alien bricolé qui peut m'écraser d'une seule main. De quoi je me plains ?*

Quand elle fut certaine de ne pouvoir manquer le maslik, elle tira à trois reprises. Le recul la projeta en arrière, pendant que les balles ricochaient sans dommage sur le blindage qui renforçait le dos du cyborg. Il interrompit son travail de démolition et se retourna lentement. Ses capteurs braqués sur la jeune femme, il fit un pas dans sa direction et bondit vers elle…

---

[2] Voir *Mallory Sajean 01*

Une créature identique à celle qu'affrontaient Mallory et les policiers se dressait devant Torg. Il s'était aisément débarrassé des aliens rencontrés lors de son incursion vers le centre de la station, mais ce nouvel ennemi était d'un autre calibre.

Martelant le sol à chaque pas, le maslik aux membres métalliques se précipita sur Torg. Ce dernier n'eut que le temps de s'incliner un peu vers l'avant et de tendre ses bras épais pour bloquer son opposant. Les deux géants se heurtèrent avec fracas. Torg encaissa de justesse la charge brutale du maslik.

— Sale créature impie, meurs ! hurla l'alien fanatique à travers un boîtier traducteur.

Torg ne se laissa pas intimider.

— Tu t'es pas regardé, jeta-t-il. Au moins, mes concepteurs ont fait le boulot correctement…

Il repoussa l'alien globuleux et enchaîna en lui assenant un coup de pied capable de briser un morceau de béton. Il le toucha en plein dans la partie inférieure du corps, équivalent à l'abdomen. Le maslik cracha un filet de bave verdâtre, sans paraître incommodé.

Torg s'inquiéta de cette insensibilité à la douleur. L'extraterrestre lui fournit l'explication de lui-même :

— Tu ne peux me vaincre. Mon enveloppe charnelle est déjà morte et mon esprit promis au sorfal. Il le guidera vers le fadipa ! Je connaîtrai alors la béatitude ultime…

Torg commençait à perdre patience. Mallory était en danger. Écouter un primitif déblatérer des âneries lui tapait sérieusement sur les nerfs. Il esquissa un mouvement vers la gauche. Vif malgré son état, le maslik contra en balançant sa jambe d'acier. Il ne fit que l'effleurer. Torg s'était contenté d'une feinte pour se jeter sur son assaillant du côté opposé. Il le percuta brutalement, se servant de ses deux cents kilos pour le mettre à terre.

Le maslik tenta de l'écarter, cependant ses longs membres se heurtèrent aux cloisons de l'étroite coursive. Peu adepte de la subtilité, Torg profita de l'avantage que lui donnaient sa large carrure et le corps à corps. Il plaça son avant-bras gauche en travers de la gigantesque bouche du maslik et, usant de cet appui pour prendre un peu de recul et gagner en mobilité, entama une série de directs du droit.

Chaque frappe sonnait sèchement contre les plaques de blindages qui recouvraient le gros extraterrestre. Torg accéléra le rythme, son poing allant et venant tel un marteau-pilon. L'acier finit par céder sous l'avalanche de coups. La peau noirâtre se déchira, les os qu'elle dissimulait craquèrent dans un bruit de bois mort qui se brise. Sur une dernière percussion, Torg s'enfonça dans les tripes de son adversaire jusqu'au coude, ravageant les organes et les mécanismes de maintien en activité.

Le maslik gargouillait :

— Le sorfal... nous guide... le fadipa...

— Oh, pitié ! s'énerva Torg. Tu vas la fermer, oui ?

Sa grande main à six doigts toujours plongée dans les viscères du fanatique, il empoigna un amas de chair qui palpitait et l'arracha violemment, répandant une gerbe de sang vert et une odeur nauséabonde dans la coursive.

Le maslik émit un ultime râle et s'immobilisa. Torg se redressa et jeta au sol le cœur qui dégoulinait. Avec un reniflement de dégoût, il contempla sa fourrure barbouillée d'hémoglobine.

— Pas le temps de nettoyer. Je vais finir par perdre tous mes poils, soupira-t-il en rebroussant chemin au pas de course.

Si sa capitaine affrontait une saleté de ce genre, il devait la rejoindre au plus vite...

Comme le craignait Torg, Mallory se trouvait en fâcheuse posture. Un cache-cache mortel s'était engagé entre elle et le deuxième maslik cyborg.

Après son coup d'éclat pour détourner l'alien de Toskaï-Rij, elle lui avait échappé de justesse en courant se dissimuler dans un enchevêtrement de plaques métalliques. Destiné au refroidissement de la centrale à fusion, il s'agissait d'un immense échangeur thermique. Véritable labyrinthe, il recouvrait un tiers de l'astéroïde : autant que la partie habitable de la station.

Mal à l'aise, Mallory éprouva la solidité des panneaux. Elle n'aima pas le résultat. La plupart de ces bouts de tôle étaient insuffisants pour arrêter un cyborg. Si son poilu préféré ne se dépêchait pas, l'extraterrestre bricolé allait lui tomber dessus et la réduire en bouillie...

Elle s'efforçait de progresser dans cet univers d'acier, quand son garde du corps la contacta enfin.

— Torg ! répondit-elle avec soulagement. Je suis planquée dans l'échangeur thermique. Super têtard me colle aux fesses et... Merde !

Au-dessus d'elle, un panneau venait de disparaître, arraché par le maslik. Elle parvint à se glisser de justesse dans un étroit passage. Trop corpulent pour la suivre, l'alien plongea le bras dans l'ouverture et réussit à lui agripper la cheville.

Malgré la combinaison spatiale, la douleur faillit lui faire perdre connaissance : il lui avait presque brisé un os. Pire, elle s'aperçut que sa tenue malmenée fuyait. Sur la visière, les chiffres de l'indicateur d'autonomie défilaient à un rythme alarmant. Sans la protection qui lui recouvrait le corps, la pression exercée aurait suffi à lui sectionner le pied.

Au moins, elle était certaine que la brusque interruption de communication avait agi sur Torg comme un signal d'alarme : elle avait besoin d'aide, et vite ! Heureusement, la constitution hors normes du cybride l'autorisait à affronter le vide sans recourir à un scaphandre. Il était également capable d'une allure étonnante pour un tel gabarit, et savoir qu'il se précipitait à son secours la rassura.

De son côté, elle ne se contenta pas d'attendre son garde du corps : les dents serrées pour supporter la souffrance, elle empoigna son arme et tira à travers la mince ouverture. Elle épuisa ses munitions, mais obtint un sursis. Les balles avaient brisé une partie des capteurs optiques de son assaillant. La prise sur sa cheville se relâcha assez pour qu'elle puisse se dégager. Recroquevillée dans l'abri précaire offert par l'enchevêtrement de plaques, elle observait le maslik qui s'efforçait de l'atteindre de nouveau :

— C'est ça mon gros, acharne-toi. Quelqu'un arrive pour s'occuper de toi, grogna-t-elle avec colère.

Confirmant la supposition de sa capitaine, Torg était déjà dehors et parvenait au système de refroidissement du réacteur. Il appréhenda immédiatement la situation quand il trouva le maslik modifié qui tentait en vain de s'introduire dans un trou trop petit pour lui.

Tandis que Mallory progressait à l'intérieur de l'échangeur, l'alien s'était contenté d'avancer à la surface pour se jeter sur elle dès la première occasion.

Le cybride allait devoir frapper vite et fort : cette fois, puisque son adversaire évoluait à l'extérieur, il profiterait pleinement de l'allonge que lui procuraient ses membres démesurés. Autrement dit, l'approcher pour le vaincre au corps à corps comme son jumeau dans la station était hors de question.

— Pour bien travailler, il faut s'outiller, se dit Torg.

Alors qu'il étudiait le dissipateur thermique d'où dépassaient des milliers de plaques d'acier, une idée lui vint. Il agrippa un des panneaux et tira sèchement dessus pour le déloger. Empoignant de son mieux le morceau de métal, il se précipita vers le maslik.

Ce dernier cherchait toujours à se saisir de l'humaine :

— Chose indigne du fadipa ! Tu dois mourir pour t'être dressée contre le guide ! émettait-il sur toutes les bandes radio, pour s'assurer qu'elle l'entendait dans le vide spatial.

Surprenant Torg, l'alien cyborg se retourna brusquement, prêt à l'affronter. *Pas de chance,* pensa le géant poilu. *Il n'est pas assez aveuglé par la colère pour oublier d'utiliser ses senseurs arrière.*

À plus d'une cinquantaine de mètres, Torg lui jeta le panneau d'acier de toutes ses forces. Il vit les capteurs optiques de l'alien bouger rapidement pour se focaliser sur le projectile. Un éclair de compréhension s'inscrivit sur le visage du maslik, qui tenta de se protéger d'un bras.

Trop tard.

Le panneau ne dévia qu'à peine. Propulsé par une puissante combinaison de vitesse et d'inertie, il frappa le maslik avec une violence inouïe. Tel un *frisbee* disproportionné, il s'enfonça dans l'immense bouche de l'extraterrestre et se fraya ensuite un chemin à travers la chair et les os du gros corps bulbeux, le tranchant quasiment en deux parties…

Alors que le cadavre du cyborg maslik dérivait dans la faible pesanteur, Mallory s'efforçait de colmater la fuite de sa tenue avec un kit d'urgence trouvé dans une des poches. Heureusement pour elle, les réguliens étaient à cheval sur les normes de sécurité.

Toskaï-Rij et Torg la rejoignirent.

— Ils ont dû deviner que nous voulions libérer les navires ! s'écria le régulien à travers la radio des combinaisons. Dépêchons-nous !

Mallory termina sa réparation, qu'elle contempla d'un œil critique : cela tiendrait une heure ou deux, maximum.

Le petit groupe reprenait son chemin, quand une vibration parcourut l'astéroïde. Peu prononcée, mais continue sur une trentaine de secondes, elle enfla soudain. Autour d'eux, le gigantesque ensemble métallique destiné au refroidissement de la centrale énergétique se mit à changer de couleur. Le gris acier cédait la place au rouge puis à l'orange.

Mallory saisit aussitôt :

— Le réacteur est poussé au max ! Qu'est-ce que les masliks foutent ? Ils ont décidé d'en finir ?

— Non, répliqua Toaskaï-Rij, ils ont compris que nous voulions rétablir la ligne électrique des quais.

Effectivement, quand ils atteignirent la jonction entre la centrale et le système alimentant les griffes d'arrimage des docks, ils découvrirent un amas de métal et de plastique brûlé.

D'une façon ou d'une autre, les masliks étaient parvenus à envoyer une telle intensité dans les circuits que l'appareillage avait fondu. Réparer les dégâts prendrait une éternité.

Après cette vaine tentative, l'humaine et ses compagnons se réfugièrent de nouveau dans le vaisseau des réguliens. Le sas se referma derrière eux et Torg déposa délicatement au sol les cadavres des policiers tués par le monstrueux extraterrestre.

Le casque de son scaphandre ôté, Toskaï-Rij soupira :

— Ils sont mieux organisés que je ne le pensais. Nous

n'avons plus le choix : il faut…

Il s'interrompit. Intriguée, Mallory nota la coloration anormalement pâle de sa peau verte.

— Il faut trouver un moyen de pénétrer le poste central, termina-t-il, tandis qu'il s'écroulait sur un des sièges du petit cargo.

Du sang se mit à couler de son unique orifice nasal. La jeune femme avisa une déchirure réparée à la hâte sur la tenue du régulien :

— Vous êtes touché ! s'écria-t-elle. Merde ! Vous n'allez rien prendre d'assaut comme ça…

Faute de pouvoir parler avec le régulien chargé de la surveillance du sorfal, et accessoirement le seul encore indemne, elle demanda à Torg de l'aider à enlever la combinaison de Toskaï-Rij. Elle découvrit une blessure par balle, au niveau de l'abdomen. Sans connaissance en matière d'anatomie extraterrestre, elle était incapable d'en estimer la gravité. D'une pression sur son bracelet navcom, elle établit une liaison avec le *Sirgan* :

— Jazz ? Il me faut un coup de main. Toskaï-Rij est mal en point.

À l'aide de la caméra dissimulée dans son communicateur, Mallory scanna le corps du malheureux. Grâce à ces données, Jazz pourrait évaluer l'état du régulien. Comprenant que la situation de son chef était critique, l'alien de faction devant le compartiment où se trouvait le sorfal se rapprocha.

La réaction de Toskaï-Rij fut immédiate : bien que diminué, il jeta sèchement un ordre. Mallory n'eut pas besoin de pratiquer leur langue pour en deviner le sens :

— Retourne à ton poste !

Le subalterne obéit et reprit sa place devant la cellule. De là, il s'adressa de nouveau à Toskaï-Rij. Celui-ci se chargea de traduire à l'intention de l'humaine :

— Notre vaisseau n'est plus alimenté en énergie par la station, probablement à cause du court-circuit.

À cet instant, Mallory maudit les normes de sécurité. Les

navires civils étaient tous pourvus d'un système câblé en dur et scellé, qui les empêchait de lancer leurs réacteurs tant qu'ils étaient maintenus par des griffes d'amarrages. Une sage précaution en temps normal, mais qui se retournait hélas contre elle et les réguliens.

— Le champ de stase qui garde le sorfal inconscient est en train de céder, continua Toskaï-Rij. Nous devons en terminer avec les masliks au plus vite !

Elle allait lui demander pourquoi quand la voix de Jazz lui livra son diagnostic :

— Ton copain est correctement troué, capitaine ! S'il veut survivre, il est hors de question qu'il bouge durant les prochaines heures. Selon mes connaissances sur les réguliens, l'hémorragie va cesser d'elle-même. Cet avantage compliquera l'extraction de la dragée qui nage dans ses tripes. On ne peut pas tout avoir…

Songeuse, Mallory se débarrassa de son scaphandre sans un mot. Elle s'aperçut alors que les deux aliens l'observaient. La tenue de combat ! Elle l'avait complètement oubliée. Pour la discrétion, elle pourrait repasser. La « peau » bleue la recouvrait de la tête aux pieds, la protégeant des projectiles, lames et chocs les plus violents. Elle porta la main à sa cuisse et serra brièvement le tube qui y était attaché. La combinaison coula le long de son corps pour aller se nicher dans le mince cylindre d'acier.

La pilote devança la question de Toskaï-Rij :

— Protection pare-balles. Croyez-moi sur parole, on ne fait pas mieux.

Elle consulta de nouveau son navcom : le compte à rebours déclenché par la tribu maslik apparut devant ses yeux. Un peu moins d'une heure et demie. Elle avait une idée pour permettre aux vaisseaux à quai de s'enfuir, néanmoins la manœuvre était assez risquée :

— Il nous reste un moyen de libérer les navires. Le protocole d'évacuation générale.

Mallory se mit à faire les cent pas à l'intérieur du

minuscule navire, énumérant à voix haute les étapes :
— Une fois engagé, tous les appareils de la station basculeront en mode automatique. Le centre de commande sera by-passé, la mise à feu immédiate des propulseurs autorisée, les griffes des docks réalimentées par un système de réserve. Tout ça afin de faciliter l'évacuation d'urgence.
— Oui, c'est la procédure standard, mais comment la lancer ? rétorqua Toskaï-Rij. Vous voulez incendier la station ?
— Pas la peine. Il n'y a qu'à dérégler le réacteur à fusion. Dès qu'il sera hors de contrôle toutes les alarmes vireront au rouge.

Il objecta :
— C'est plutôt dangereux et il faudra aussi l'isoler du réseau afin d'empêcher les masliks d'annuler le processus. Je ne pense pas que l'un d'entre nous ait les connaissances suffisantes.
— Jazz s'en débrouillera, affirma-t-elle. Il a juste besoin d'être connecté directement dessus. Votre collègue peut s'occuper de ça ?

Toskaï-Rij s'adressa à son subordonné dans leur langage natal. Ils échangèrent un moment. Enfin, il reporta son attention sur Mallory :
— Oui, il peut. La question est : pourquoi ne pas le faire vous-même ?
— Moi ? Je dois me charger de la menace au centre de contrôle.
— Vous seule ? Et comment... s'interrompit l'extraterrestre, sous l'effet d'une vague de douleur.
— Calmez-vous. Dans votre état, vous ne pouvez que rester ici et surveiller le sorfal. Voilà ce que nous allons faire : en premier lieu, la liaison entre mon vaisseau et le réacteur. Ensuite, je me laisse emprisonner par les masliks. Ma peau de combat me protégera lorsque je passerai à l'action. Au même moment, Jazz déréglera le réacteur afin d'activer le protocole d'évacuation.

Elle se tourna vers son garde du corps, pour découvrir qu'il dévorait sans vergogne les rations alimentaires des réguliens. Derrière lui, un placard à la porte tordue indiquait clairement où il les avait trouvées. Il réussit à prendre un air coupable tout en continuant à se goinfrer.

Mallory faillit le gronder, puis décida de laisser courir : l'organisme du cybride brûlait les calories à un rythme ahurissant.

— Désolé Torg, lui dit-elle, mais tu vas encore faire diversion. Je veux que tu t'introduises dans le centre de contrôle depuis l'extérieur et que tu sois en mesure d'y ouvrir une brèche sur le vide à mon signal. Jazz et toi allez devoir être bien synchro : pour que je m'en sorte, les masliks devront soudainement être débordés.

Tandis que ses bras se couvraient de ronces, elle ajouta pour tout le monde :

— Nous avons quatre-vingts minutes. Avec un peu de chance, ça me suffira pour localiser la bombe et la mettre hors d'usage sans trop de casse…

III
OTAGE

Seule sur le quai désert, Mallory eut un moment de doute. Les cloisons grises de la station s'ornaient de traces noires et d'impacts de balles, racontant l'histoire de la prise d'otages par les aliens fanatiques mieux que quiconque. La pilote pouvait sentir un début de puanteur qui provenait d'un cadavre. Probablement celui du maslik liquidé sous son nez à leur arrivée.

Elle se reprit et se dirigea rapidement vers un corridor baigné d'une lueur bleutée. Assez large pour permettre à quatre personnes d'avancer de front, il paraissait s'enfoncer droit vers le cœur de l'astéroïde. Seul le bourdonnement de la ventilation était perceptible. À l'air craché par les grilles fixées au plafond se mêlait un vague relent de rance. Les récents événements avaient déréglé le fragile écosystème de la station spatiale.

Le navcom de Mallory projetait une ligne de points lumineux au sol, indiquant la direction du centre de contrôle. Elle était certaine de ne jamais l'atteindre sans avoir à

affronter les masliks.
Pour la pilote, la difficulté consisterait à ne pas se laisser emporter trop tôt. Elle allait endurer à coup sûr de mauvais traitements. Pas particulièrement inquiète, elle espérait simplement ne rien subir qui l'obligerait à dévoiler sa tenue de combat prématurément.
Elle parvint au bout du couloir sans rencontrer personne. Devant elle se trouvait une jonction avec d'autres coursives. Le carrefour formait un cercle de cinq mètres de large. Suivant les pointillés de son nav, elle emprunta la voie la plus à droite. Elle était à moins de deux cents mètres de son but, quand elle reçut un appel de Jazz :
— Je suis connecté au réacteur. Le régulien a bien bossé, je n'attends que ton ordre pour amorcer la catastrophe...
Mallory accusa réception d'un chuchotement. Elle venait d'aboutir à un nouveau croisement, aussi vide que les précédents. Pourtant, un vague pressentiment la faisait hésiter. L'espace libre paraissait être un endroit idéal pour piéger un imprudent : une demi-douzaine d'ouvertures donnaient dessus et il était impossible de vérifier les corridors sans s'engager trop loin pour s'enfuir...
Elle haussa les épaules. Après tout, elle comptait justement tomber entre les mains des masliks. Elle fit trois pas et constata que son instinct ne l'avait pas trompée : deux des aliens sphériques se jetèrent sur elle. Prise en tenaille, elle se figea. Ils brandissaient de lourdes armes de poing tachées de rouille. Gesticulant en direction d'une des coursives, ils éructèrent quelques mots. L'un d'eux portait un boîtier traducteur logé près de la bouche. En grande partie recouvert de bave, l'appareil crachota néanmoins :
— Femme de la Terre. Suis-nous ou meurs !
Par réflexe, Mallory lança aussitôt un pied botté vers les maigres jambes du maslik le plus proche. Elle se souvint *in extremis* du rôle qu'elle était censée jouer et s'arrangea pour manquer sa cible. L'extraterrestre équipé du traducteur tendit un bras malingre vers elle pour lui coller son gros

pistolet contre la joue. Il lui appuya l'arme sur la peau et grogna :
— Ne défie pas le guide. Nous sommes ses guerriers, promis au fadipa !

Les tatouages de Mallory, qui s'étaient mués en entrelacs de ronces à la vue des aliens, virèrent du vert sombre au noir. Se retenant de lui mettre le poing entre ses yeux monstrueux, elle fit abstraction de son discours insensé :
— Ça va le baveux ! Baisse ton flingue, je me rends !

Un instant décontenancé par les informations transmises via son boîtier de traduction, le maslik l'envoya en direction du central d'une bourrade dans le dos. Elle manqua de chuter : les membres maigrichons des extraterrestres recelaient plus de force qu'ils n'en avaient l'air.

Le couloir métallique rejoignit une large galerie creusée dans la roche. Taillée au laser, elle offrait une surface parfaitement lisse. Mallory pouvait y distinguer les différentes couches de minéraux, qui dessinaient des séries de lignes parallèles.

Selon Toskaï-Rij, le centre névralgique de la station formait un cube pris aux trois quarts dans le roc. Seule la face supérieure était complètement exposée à l'espace. Vu depuis un navire en orbite, il évoquait un glaçon gigantesque, planté dans la masse grisâtre de l'astéroïde.

Les extraterrestres fanatisés escortèrent la pilote jusqu'à un accès de ce bunker conçu pour fonctionner indépendamment des autres bâtiments. Constituée de deux pans en acier trempé, la porte s'ouvrit après un bref dialogue entre les cerbères de Mallory et leurs congénères retranchés à l'intérieur.

Feignant la docilité, elle entra et découvrit avec stupeur que la folie des masliks allait au-delà de son imagination…

À la surface, Torg franchissait la distance qui séparait les docks du bunker abritant le centre de contrôle. Il s'inquiétait terriblement : à l'évidence, les adeptes du sorfal étaient des fous dangereux. Ils risquaient de massacrer Mallory sans lui donner la moindre chance de scanner la bombe pour que Jazz puisse l'analyser.

Le cybride récapitula brièvement les étapes de leur plan : désactiver l'engin explosif, délivrer les otages tout en déclenchant une surcharge du réacteur afin que le protocole d'urgence libère les navires bloqués à quai. Des tâches presque contradictoires, qui entraîneraient un résultat catastrophique si elles ne s'enchaînaient pas correctement...

Torg, dont la mission principale et ô combien ardue, consistait à veiller sur Mallory, avait tenté de la dissuader de se rendre aux masliks. Évidemment, elle s'était obstinée et ne l'avait pas écouté, même s'il doutait sérieusement de la réaction des masliks quand il entrerait de force dans le bunker. Ils pouvaient très bien décider de s'acharner sur la pilote au lieu de venir à la rencontre du cybride. Il aurait souhaité être à sa place, cependant il devait admettre que les fanatiques n'oseraient jamais prendre en otage un colosse de deux mètres cinquante de haut et capable de les réduire en bouillie à mains nues.

Parvenu à l'endroit d'où le cube métallique émergeait de l'astéroïde, Torg parcourut les alentours de ses grands yeux bleus, larges comme des soucoupes. Il repéra très vite un sas de maintenance. Il s'en approcha et déballa des outils d'une trousse confiée par les réguliens. Entre ses gros doigts renforcés d'acier, ces accessoires paraissaient bien fragiles. D'ordinaire, il se contentait d'user de force brute. Devoir garder les choses en état de marche était une nouveauté pour

lui. Mal à l'aise, il appela Jazz :
— Je suis en position. Le timing est serré, on n'a pas droit à l'erreur.
— Relax mon vieux. Tous ces fils n'ont aucun secret pour moi.

Avec méthode, l'Intelligence Naturelle commença à le guider :
— Tu dois d'abord trouver une petite plaque carrée et ensuite...

En découvrant l'intérieur du centre de contrôle, Mallory manqua de trébucher. La pièce principale n'avait rien d'extraordinaire en soi. La pilote nota machinalement sa forme carrée, l'ensemble de pupitres et de moniteurs destinés à gérer la bonne marche de la station spatiale. Chacun des sièges était pris par un maslik. En hauteur, elle aperçut une dizaine de projections holographiques en variation permanente : vidéosurveillance, graphiques de consommation et production d'oxygène, état d'occupation des docks... Du vu et revu cent fois au cours de ses nombreux voyages.

En revanche, ce qui trônait au milieu de la salle relevait d'un autre domaine.
— C'est quoi cette horreur ? laissa-t-elle échapper avec dégoût.

Au premier coup d'œil, elle avait cru découvrir un cyborg bizarrement construit. Après un regard attentif, elle réalisa qu'il s'agissait d'autre chose. Ou plutôt, pas *seulement* d'un maslik modifié.

Elle reconnut le corps sphérique caractéristique de leur espèce, posé à même le sol. L'alien ne possédait plus de jambes ni de bras. Avec une précision chirurgicale, on avait découpé des ouvertures circulaires en de multiples endroits de son anatomie. Ces trous permettaient de distinguer un complexe assemblage de minces câbles électriques et d'éléments électroniques.

Consternée, Mallory comprit enfin le rôle de l'étrange cyborg en apercevant un afficheur fixé sur le front immense du maslik. *La bombe ! Ce truc est un explosif vivant ! Comment peut-on en arriver là ?*
Les chiffres qui défilaient lui rappelèrent l'urgence de la situation. Discrètement, elle s'arrangea pour heurter du talon droit sa cheville gauche. Dissimulé dans sa botte, un navcom s'activa. Elle l'avait réglé pour qu'il ouvre immédiatement une ligne vers son vaisseau :

— Jazz ? murmura-t-elle dans un souffle quasi inaudible.

Si les aliens ne pouvaient l'entendre, l'appareil transmit parfaitement sa voix à l'Intelligence Naturelle. Une brève vibration du nav confirma la connexion.

Tandis que les deux autres masliks lui ordonnaient d'avancer, elle lança :

— Dépêche-toi de scanner la pièce et son contenu, ça m'étonnerait qu'ils attendent longtemps avant de m'enfermer avec les otages.

Afin de donner à Jazz l'opportunité d'examiner les lieux et la « chose » qui trônait au milieu, elle prit d'un pas traînant la direction désignée par ses ravisseurs.

Avec un grognement de colère, celui au traducteur baveux leva son arme et cracha :

— Vite, ennemie du guide ! Ou je fracasse ton petit crâne d'humaine !

La tête rentrée dans les épaules par réflexe, Mallory échappa de justesse à un coup qui l'aurait tuée net. Elle se retrouva dans une salle toute en longueur et aux murs nus, éclairée grâce à des dalles phosphorescentes fixées au plafond. Diffusant une lumière orange, elles soulignaient crûment les faces hagardes de la vingtaine de malheureux entassés là.

L'air était noyé de relents nauséabonds. Apparemment, les prisonniers devaient se soulager sur place. Mallory eut un haut-le-cœur, accentué par un début de fringale. Après des jours de plats sous vide, elle avait prévu de foncer dans un restaurant dès son arrivée sur la station. Elle en était maintenant réduite à s'estimer chanceuse d'avoir l'estomac vide.

Elle s'efforça d'oublier cet inconfort somme toute mineur et porta son attention sur les otages. Elle aperçut une poignée de terriens, des réguliens, plusieurs espèces inconnues et un spican, aisément reconnaissable à ses quatre bras et sa haute stature.

L'un des masliks rengaina son revolver massif et s'approcha d'elle pour la fouiller sans ménagement. Elle eut un instant de doute. Elle portait sa combinaison pare-balles sous ses vêtements, dans un mode intermédiaire qui laissait ses mains et son visage découverts. Le problème venait du tube qui servait à la fois de réceptacle et de commande pour la tenue de combat.

D'ordinaire fixé le long de sa cuisse, elle avait décidé de le positionner dans son dos, juste entre les omoplates. Une fois la protection déployée, il formait un léger renflement sur sa colonne vertébrale. Si par hasard l'alien s'attardait un peu trop sur cet endroit, il comprendrait qu'elle y dissimulait un objet.

Heureusement, il ne devait pas connaître grand-chose à l'anatomie humaine : prenant la bosse créée par le tube pour une excroissance osseuse, il passa la main dessus sans réagir. N'ayant trouvé aucune arme, il se contenta de lui arracher le navcom qu'elle avait au poignet. Il le jeta au sol et le piétina avec satisfaction, sans être effleuré par l'idée d'un deuxième appareil de communication…

Il délaissa Mallory et quitta la pièce, suivi de son acolyte. Un claquement sourd retentit lorsqu'ils refermèrent la prison improvisée.

Soulagée, la pilote se réjouit : ils la croyaient inoffensive.

Parfait !

Autour de sa cheville, le nav vibra trois fois. Jazz lui indiquait en avoir terminé avec l'analyse de la bombe.

Toujours à jouer son rôle d'otage pour d'éventuelles caméras, elle alla s'installer à côté du spican. Cachée en partie par le grand extraterrestre, elle glissa une main dans sa botte et récupéra le navcom dissimulé. Elle interrogea aussitôt Jazz :

— Dis-moi que tu tiens une solution !

— Oui, mais ce sera pas de la tarte ! Je ne m'attendais pas à tomber sur un cyborg-suicide ! Tu as eu une excellente idée en portant deux navs. Sans ça… Pour réussir, tu vas devoir brancher celui qu'il te reste directement sur la bombe. Un connecteur est accessible au sommet. Il me faudra un petit dixième de seconde pour la neutraliser.

— Tu n'as besoin de rien d'autre ? s'étonna Mallory.

— Non. Par contre, je vais probablement griller ton navcom et ça donne une minuscule chance au maslik explosif de te péter à la figure…

Elle consulta le compte à rebours qui défilait toujours dans un coin de son champ de vision et grommela :

— Trente-cinq minutes. Bon. C'est réglé ! On n'a pas le temps de trouver mieux. Est-ce que Torg a pu entrer ?

— Oui.

— Parfait, dit lui qu'il peut percer la cloison extérieure. Toi, tu commences à saboter la centrale à fusion.

— Avec plaisir, ma capitaine, répondit Jazz avec entrain : il adorait s'introduire dans un système pour y semer la pagaille, surtout si un grand « boom » concluait son intervention.

Entre la fuite d'air et le réacteur en état critique, les masliks seraient forcés de sortir de leur planque. Pendant que Torg leur tomberait dessus, elle allait pouvoir désactiver la bombe.

Elle se releva et glissa une main dans le col de son haut noir. Sous le regard intrigué des captifs, elle s'assura de

pouvoir saisir facilement le tube de sa combinaison protectrice. Elle se dirigea ensuite vers la porte.
Interloqués, les prisonniers continuaient de la fixer. Elle entendit un des humains chuchoter :
— Qu'est-ce qui lui prend à celle-là ? Elle va nous faire tuer !
Arrivée en face du battant, elle lui balança une série de coups de pied et cria :
— Je sais comment libérer le sorfal ! Je vous le dis et en échange, vous me relâchez !
Un grondement de dépit parcourut les otages, en particulier chez ceux qui comprenaient le terrien. Mallory s'excusa silencieusement. Elle ne pouvait se permettre de leur expliquer ce qu'elle allait tenter...

À travers la porte, elle entendit les masliks tenir conseil dans l'autre pièce. Celui nanti d'un boîtier traducteur, le « baveux », rapportait à ses congénères les paroles de la pilote.
Avec un seul maslik dont les propos étaient compréhensibles, la conversation lui parvenait de manière fragmentaire, mais elle en saisissait l'essentiel.
Ils débattirent un court moment et finirent par tomber d'accord : si elle se moquait d'eux, ils la tueraient et piétineraient son cadavre en chantant les louanges de leur guide. Si elle disait vrai, ils pourraient enfin libérer leur maître.
— Le sorfal nous éclaire, clamèrent-ils. Bientôt, nous rejoindrons la dimension de l'éternelle satisfaction !
Mallory s'écarta vivement de la porte au moment où le maslik baveux l'ouvrait. Il fit sortir la terrienne de la salle en

la tenant en joue. Elle marcha jusqu'au centre du poste de contrôle et s'arrêta juste à côté du maslik transformé en bombe.

Les larges aliens encerclèrent la pilote, prêts à entendre ses propos et probablement à la tuer dans la foulée. Elle les passa en revue, ne rencontrant qu'une absence totale de raison dans leurs yeux jaunâtres et démesurés. Seuls ceux du baveux abritaient une once de vie, tandis qu'il fixait le cyborg-suicide. Avec un malaise croissant, elle comprit qu'il enviait son sort. Ce malade crevait de joie à l'idée de mourir pour le sorfal !

— Les gars, murmura-t-elle en pensant à Jazz et à Torg, ne traînez pas s'il vous plaît…

Le baveux se tourna vers elle.

— Alors ? Parle ou je…

Une alarme stridente l'interrompit. Sur les moniteurs du centre de contrôle, un message s'afficha en de multiples langages :

« DÉCOMPRESSION EN COURS. BRÈCHE IMPORTANTE SECTEUR B2.
RÉACTEUR PRINCIPAL EN SURCHAUFFE.
PROCÉDURE D'ÉVACUATION GÉNÉRALE DÉCLENCHÉE. »

Soulagée, Mallory passa les doigts le long de sa nuque, jusqu'à toucher le tube dissimulant sa combinaison de combat et l'activa. La tenue bleue commença à la recouvrir. À la dernière seconde, elle sortit son navcom d'une poche et, le jetant d'une main à l'autre, s'arrangea pour qu'il ne soit pas englobé.

À cette vue, la réaction des masliks fut immédiate :

Ils dégainèrent leurs gros pistolets et ouvrirent le feu à bout portant. Mallory s'écroula sous le tir groupé. La tenue de protection encaissa les coups, mais une partie du choc se répercuta à travers. Malgré la douleur, la pilote se débrouilla pour s'affaler sur le cyborg-suicide et parvint à connecter son navcom dessus. Elle se laissa ensuite glisser au sol pour donner l'impression aux aliens qu'elle avait succombé.

Apparemment intrigué par sa soudaine transformation, le baveux se pencha sur elle et l'examina de près.

Un petit bruit retentit alors, comme une allumette s'embrasant. Planté au sommet de la bombe, le navcom de Mallory émettait une fumée noire et une lueur rouge qui s'atténuait doucement.

Elle avait réussi à désactiver cette saleté ! Elle ne put s'empêcher de lancer :

— Bande de connards, vous êtes foutus !

Une vague de fureur submergea les aliens, qui brandirent de nouveau leurs revolvers en poussant des hurlements enragés.

— Notre arme ! s'exclama le baveux. Maudite ! Maudite !

Une vive inquiétude s'empara de Mallory : ils réagissaient vraiment mal. Peinant à couvrir leurs cris, elle déclara :

— Les navires à quais doivent déjà être en train de filer. Ils vont alerter la police ou même l'armée. Vous n'avez plus qu'à vous rendre. De toute façon le sorfal vous a manipulés.

Alors qu'elle prononçait ces mots, elle comprit avoir commis une lourde erreur de jugement. Les masliks étaient au-delà de toute raison, comme le prouvait le cyborg suicide.

La baveux se pencha de nouveau sur elle et la fixa en grognant :

— À cause de toi, nous avons failli au guide. En représailles, nous allons exécuter les otages avant de nous enfuir dans la mort !

À l'intérieur du vaisseau des réguliens, derrière l'épaisse porte blindée de sa cellule, le sorfal s'agita. Confirmant la crainte de Toskaï-Rij, le champ de stase qui maintenait leur prisonnier sous contrôle venait de céder. Comme un humain qui s'éveille lentement et prend conscience de son environnement immédiat, le sorfal détecta une myriade de présences, réparties sur toute la station. Il isola rapidement les masliks. À force d'influer sur leurs pensées pour les changer en esclaves dociles, une sorte de lien s'était forgé entre eux et lui, comme un canal qui offrait un accès direct à la psyché des extraterrestres sphériques. Dans leur esprit, il lut colère, dépit et, surtout, désir de mourir…

Un souhait en contradiction totale avec ses plans. Avant que le champ ne défaille définitivement, le sorfal avait saisi des bribes de conversation sans que les policiers s'en rendent compte, en particulier durant les échanges avec l'humaine. Contrairement aux masliks, il savait que la situation venait de tourner à son avantage. Il se concentra et puisa dans ses forces pour émettre un ordre :

— Libérez-moi ou donnez votre vie en essayant ! Il ne reste que deux ennemis à bord et l'un est blessé. Ils ne pourront rien contre vous ! Faites vite !

Il orienta ensuite son étrange pouvoir vers les deux réguliens qui le gardaient prisonnier. Les soumettre lui prendrait trop de temps, il se contenta de noyer leurs pensées conscientes dans un flux de bruit et d'incohérence. Sous la puissance de l'attaque mentale, ils s'écroulèrent comme des marionnettes soudainement privées de soutien…

À l'autre extrémité de la station, dans le centre de contrôle, la réaction des masliks fut immédiate. Ils s'équipèrent de toute une panoplie d'armes, du simple pistolet aux grenades thermiques. Abandonnant les otages et la terrienne recouverte de sa combinaison pare-balles, ils se précipitèrent en direction des docks et hurlèrent :

— Le guide nous a parlé ! Le fadipa est proche !

La demi-douzaine d'aliens déchaînés s'engouffra dans les corridors empruntés précédemment par Mallory. En moins d'une minute, ils se trouvèrent devant le petit cargo des réguliens. Galvanisés à l'idée de retrouver leur maître, ils fixèrent les thermogrenades contre le sas du navire, les amorcèrent et s'éloignèrent en hâte.

Les explosifs détonèrent en un chuintement sourd et générèrent un flux de plasma. Dans une aveuglante lumière violacée, le jet d'énergie brute perça l'acier tel un vulgaire morceau de papier.

Désormais, un cercle rougeoyant de deux mètres de large formait un trou béant dans la coque. Les masliks se jetèrent aussitôt à l'assaut du cargo...

À genoux, Mallory tentait de se relever en s'appuyant sur le cyborg-suicide. En dépit de la protection de sa combinaison, une partie de l'énergie cinétique des coups s'était répercutée contre elle. Les multiples impacts reçus à bout portant l'avaient un peu sonnée.

Torg la rejoignit à l'intérieur du centre juste à ce moment, ses grands yeux trahissant une vive inquiétude. En aidant sa capitaine à se mettre debout, il lui demanda d'une voix chargée d'angoisse :

— Mallory ! Tu n'es pas blessée au moins ?

Elle désactiva sa tenue de combat. Elle avait beau savoir que l'air passait à travers, l'impression d'étouffer demeurait.

— Ça va, mais je vais me payer une jolie collection de bleus...

Soulagé, Torg se pencha et l'attrapa pour la serrer contre lui.

— C'est ma faute. J'ai été trop lent. Comment as-tu réussi à faire fuir tous les masliks ?

Les pieds à quarante centimètres du plancher et le nez dans la fourrure noire zébrée de rouge du colosse, elle répondit :

— Je n'ai rien fait. Tu te rappelles ce qu'a dit Toskaï-Rij à propos du sorfal ? Le champ de stase de sa cellule a dû lâcher et il en a profité pour appeler à l'aide. Il faut s'occuper vite fait des otages et retourner au cargo des policiers. Je crois que les masliks ont foncé directement là-bas.

Mallory se tortilla pour échapper à l'étreinte du cybride et se précipita vers l'un des pupitres de commande. Sitôt le système de communication repéré, elle tenta de joindre Toskaï-Rij. L'absence de réponse du policier confirma ses craintes. Elle ouvrit alors une ligne avec son vaisseau.

— Jazz ? Est-ce que les griffes d'arrimage sont déverrouillées ?

— Pas de problème, la procédure d'évacuation se déroule comme prévu. La plupart des navires s'enfuient déjà sans demander leur reste. Dépêche-toi de libérer les prisonniers, sinon ces trouillards vont nous les laisser sur les bras, déclara l'Intelligence Naturelle en exhalant le mépris pour les fuyards.

Mallory ne se fit pas prier. Tandis que sur ses ordres, Torg forçait la porte de la pièce où se trouvaient les otages, elle s'empara d'un revolver maslik abandonné par son précédent propriétaire. En trois violents coups de pied du cybride, le battant s'écroula au sol. Escorter le groupe jusqu'aux docks prit deux minutes. Outre le *Sirgan*, un seul bâtiment était encore à quai : un yacht aux lignes élancées, mais peu fonctionnelles. Permettre à tout le monde d'embarquer à bord de ce dernier nécessita cinq autres minutes.

Malheureusement, ce délai avait suffi aux masliks pour assaillir le vaisseau des réguliens. Mallory et Torg comprirent qu'ils arrivaient trop tard en découvrant le trou dans la coque du cargo. La chaleur dégagée par le blindage brutalement fondu faisait ondoyer l'air et empêchait de distinguer les silhouettes qui s'agitaient à l'intérieur. Toutefois, leur forme ne laissa aucun doute à la pilote : il s'agissait bien des gros têtards boursouflés. Elle arrêta le cybride d'une main plaquée sur son torse couvert de fourrure :

— Faut se planquer, vite !

Ses yeux balayèrent cette portion des docks. Autour d'eux, les panneaux d'acier étaient fermés, marquant les quais vides. L'esplanade qui les longeait n'offrait aucune possibilité, à part un conteneur cabossé par plusieurs années de transport d'un monde à l'autre…

Agrippant un des doigts épais de Torg, elle le traîna derrière la grande boîte métallique. Une fois à l'abri des regards, elle ajouta :

— Mon navcom est grillé. Essaie d'appeler Toskaï-Rij pour moi. Il n'a pas répondu tout à l'heure, mais peut-être…

Le cybride tenta en vain. Le communicateur implanté dans son cortex resta muet.

— Rien. Je pense que les deux réguliens ont été tués…

Mallory soupira et se demanda si elle n'était pas en partie fautive… Elle n'eut pas l'occasion de culpabiliser. Coassant et sifflant dans son langage, le groupe de masliks s'extrayait du navire des policiers. Elle ne comprenait rien de ce qu'ils disaient, mais, à les entendre, ils lui parurent extrêmement agités.

Elle décida de risquer un œil hors de sa cachette. Sans le moindre bruit, elle s'approcha de l'arête du conteneur, avança la tête une petite seconde et la ramena *illico* à l'abri. Les aliens sphériques étaient sur le dock. Ils semblaient attendre quelque chose. Au moins, ils lui tournaient le dos : elle pouvait les observer tranquillement.

— Ils ont dû libérer leur précieux sorfal, chuchota-t-elle. Je suis curieuse de voir de quoi il a l'air…

Effectivement, quand elle se pencha de nouveau pour examiner la scène, elle put apercevoir une étrange silhouette se faufiler à travers l'ouverture pratiquée dans la coque du cargo.

Stupéfaite, la pilote découvrit une créature d'un gabarit improbable. Tel un gigantesque asticot qui s'extrayait d'un fruit d'acier, le sorfal se tortillait pour sortir du vaisseau des policiers. Elle estima sa longueur à près d'une douzaine de mètres, pour deux de haut et de large. L'extraterrestre démesuré ne possédait pas de membres. En fait, il évoquait pour Mallory une monstrueuse limace. D'un rouge sombre et luisant, son corps était d'un seul bloc.

Seul un ensemble de tentacules s'agitaient au centre de ce qui pouvait passer pour un visage. Trois yeux de la taille de pastèques surmontaient ces appendices visqueux. Globes noirs d'aspect vitreux, ils paraissaient fixer chacun un point différent.

Elle pensait en avoir vu suffisamment, quand la scène vira à l'invraisemblable. Les masliks formèrent un demi-cercle devant le sorfal. Parfaitement synchronisés, ils dégainèrent et portèrent leurs armes à la bouche. Toujours en même temps, ils pressèrent la détente. La détonation claqua sèchement, suivie du choc mat des aliens qui s'effondraient au sol dans une mare de sang verdâtre…

Mallory était complément effarée :

— Mais pourquoi ? Ils viennent juste de libérer leur soi-disant « guide », et pour les remercier, il les pousse au suicide ?

Torg haussa ses larges épaules :

— Peut-être qu'il n'est pas satisfait de leurs services. Ils ont quand même fait un gros trou dans le vaisseau des réguliens. S'il avait prévu de prendre la fuite avec, il doit être en colère contre eux.

— Bordel ! jura-t-elle en se rencognant derrière le conteneur. Ce sorfal est complètement taré !

Pragmatique, Torg se contenta de remarquer :

— Comme ça, il ne reste qu'à nous occuper de lui…

IV
LE SORFAL

Mallory crispa les phalanges autour de la poignée du revolver récupéré dans le centre de contrôle. Elle et les armes à feu ne faisaient pas très bon ménage. Leur usage impliquait un résultat trop « définitif ». Elle préférait de loin distribuer quelques beignes. Au moins, après un combat civilisé, on pouvait toujours boire un verre en compagnie de l'adversaire...

Avec appréhension, elle s'apprêta à bondir hors de l'abri offert par le conteneur. Sur ses bras, les ronces des tatouages sensitifs s'épaissirent. Torg lui posa une main rassurante entre les omoplates :

— Relaxe-toi ! La grosse limace ne mérite pas de sentiments. Tu n'as qu'à viser les yeux, je ferai le reste.

La pilote voyait qu'il mourait d'envie de la soulager de cette tâche, seulement le pistolet maslik ne convenait pas au cybride : il ne pouvait glisser son doigt dans le logement où se cachait la gâchette...

Mallory inspira profondément et jaillit à découvert. À

peine cinq pas la séparaient du sorfal. Elle ne pouvait manquer sa cible. Au moment où elle pressait la détente, l'alien l'aperçut. Sa réaction fut la dernière à laquelle elle s'attendait. L'amas de tentacules et les trois grands globes oculaires qui formaient une caricature de visage se rétractèrent à l'intérieur du corps, ne laissant que des replis d'épiderme rouge.

Le projectile craché par le revolver de Mallory s'enfonça dans la masse de chair sans provoquer le moindre dégât. Elle insista jusqu'à vider le chargeur, mais la salve fut vaine. Prise d'un inhabituel sentiment de défaitisme, elle lâcha l'arme devenue inutile.

Torg s'interposa entre elle et le sorfal. La limace extraterrestre déployait de nouveau ses appendices. L'un de ses gros yeux ressortait d'entre les bourrelets de peau pour examiner la terrienne et le cybride.

Mallory était figée telle une statue de cire. Torg lui cria :
— Réveille-toi ! Il faut dégager jusqu'au *Sirgan* !

Malheureusement, l'idée de rejoindre son vaisseau n'eut aucun effet sur elle. Soudainement, le *Sirgan* ne représentait plus rien. De foyer rempli de souvenirs, il était ravalé au statut de coquille d'acier. Accompagnée d'un frisson le long de sa colonne vertébrale, une certitude s'imposait à la pilote, paralysant sa conscience, s'insinuant entre ses pensées comme de l'eau glacée : et si les masliks avaient raison ?

Si une dimension où toute souffrance était abolie existait réellement, cela ne valait-il pas la peine de faire des sacrifices pour l'atteindre ?

Progressivement, Mallory se sentait céder. Des images et des sensations lui parvenaient, montrant des lieux qui ne pouvaient exister, évoquant une plénitude impossible.

Non. Pas impossible. Le sorfal savait. Il pouvait la mener à cet endroit : il en venait.

Tout était clair à présent. Le sorfal asservissait les autres espèces pour leur salut. Il allait les sauver, tout comme il la sauverait elle. Il était « le » guide.

Vraiment ?
Une part d'elle se rebella à cette idée. Très tôt, elle avait appris à ne compter que sur elle-même. À vivre dans l'instant présent et non à espérer un hypothétique avenir meilleur. Et maintenant, elle allait suivre la doctrine moyenâgeuse d'un alien sorti de nulle part ?
Sûrement pas !
Le flot de pensées froides se bloqua subitement. Isolée au sein de sa propre conscience, Mallory reprit le contrôle d'elle-même et rejeta d'un bloc toute l'idéologie du sorfal.
Croyant en avoir terminé, elle commit l'erreur de se relâcher brièvement. Au lieu de s'amoindrir, l'emprise du monstrueux alien s'intensifia. Il attaqua de nouveau, utilisant cette fois un angle plus rationnel : son peuple disposait naturellement de cette capacité à subjuguer des formes d'intelligence vulnérables. Il était normal qu'ils s'en servent. Un carnivore devrait-il se laisser mourir de faim pour épargner une proie ?
L'argument semblait évident, irréfutable. Mallory sentit sa résolution fléchir : comment pouvait-elle juger de ce qui était acceptable ? En quoi les humains valaient-ils mieux ? N'avaient-ils pas abusé les uns des autres des millénaires durant ?
Paradoxalement, cette dernière réflexion la sauva.
Pendant longtemps, oui… Plus maintenant…
Des hommes et des femmes de valeur avaient mené une lutte acharnée pour abolir l'esclavage et d'autres s'étaient dressés contre la torture ou l'obscurantisme, se souvint-elle.
Peu importe la période, la norme sociale ou l'endroit. Qu'elles se soient enracinées au fil des siècles ne déterminait en rien la validité de ces pratiques. *Chaque forme d'exploitation doit être combattue. Traditions ou lois de la nature, je m'en fous !*
Accrochée à ce principe comme à une lampe dans un lieu de ténèbres, Mallory se battit pour retrouver sa lucidité.
Toute sa vie n'avait été qu'un long combat : pour devenir

pilote, pour garder le *Sirgan*, pour échapper à l'emprise de criminels. Durement forgée, sa volonté formait un solide bouclier.

Elle sentit le sorfal redoubler d'efforts. Il paraissait résolu à la soumettre. Progressivement, elle se trouva isolée, jusqu'à être complètement coupée du monde extérieur. Elle avait l'impression de flotter dans un néant froid. Aucune lumière ni le moindre son ne lui parvenaient. L'absence totale de stimuli se transforma rapidement en une véritable torture.

Il aurait été si simple d'abandonner, d'accepter qu'il soit normal pour le sorfal, issu d'une espèce « supérieure », d'exploiter les autres...

Opposée à de tels dogmes, Mallory résistait aux affirmations brutalement implantées par la limace. En combattant ces insidieuses pensées, elle nota un changement. Autour d'elle, l'obscurité se faisait moins glaciale. Petit à petit, une vague de chaleur l'environna, accompagnée d'une odeur animale qu'elle reconnut instantanément.

Devant Torg, Mallory se tenait toujours immobile. Ne pouvant rien tirer d'elle, il décida simplement de la mettre hors de portée du monstrueux alien. Avec délicatesse, il la saisit dans ses bras renforcés d'acier et s'apprêta à regagner le navire-courrier. Il espérait prendre l'hideuse limace de vitesse, de façon à décoller en l'abandonnant sur la station condamnée. Jazz devrait laisser le réacteur entrer en fusion et réduire l'astéroïde en miettes, toutefois ils seraient définitivement débarrassés du sorfal...

Manque de chance, le gros gastéropode lui barra la route vers le *Sirgan*. Torg sentit qu'il tentait également de le paralyser, mais son instinct protecteur particulièrement développé l'aida à repousser l'intrusion mentale.

De crainte que Mallory ne soit blessée s'il essayait de passer en force, Torg se résigna à rebrousser chemin. L'alien monstrueux sur ses talons, il appela Jazz :

— Les têtards ont réussi à libérer le sorfal et les réguliens sont morts ou incapables de réagir, jeta-t-il dès que l'Intelligence Naturelle accepta la communication. Nous filons au centre de commande. Nous y serons à l'abri en attendant que tu ailles chercher du secours avec le *Sirgan*.

— Bah ! Je ne vois pas où est le problème, contra Jazz. Tape dessus jusqu'à ce qu'il crève ! T'es le balèze de service, non ?

— Pas possible. Il fait dix mètres de long et il s'est attaqué à l'esprit de Mallory !

— Saloperie ! gronda Jazz. OK, je lance le désarrimage ! Veille sur la petite.

Torg força l'allure. Derrière lui, une sorte de glissement humide indiquait que la grande limace était plutôt véloce en dépit de sa taille. La pilote toujours inerte blottie dans ses bras, le cybride traversa la coursive en sprintant. Le plancher métallique vibrait sous ses pas comme la peau d'un tambour. Enfin, il parvint au sas du centre de contrôle.

Il dut patienter d'interminables secondes que la porte extérieure lui livre le passage. Il se jeta dedans et amorça le cycle de fermeture-ouverture. La pression de l'air s'adaptait à celle du bunker qui abritait le centre de commande, quand un violent choc ébranla la structure d'acier.

Le sorfal venait de percuter le seul l'obstacle entre lui et les derniers êtres en vie sur la station. Doté d'une masse proche de la tonne, il n'aurait qu'à renouveler son assaut pour endommager définitivement le sas.

Torg déposa Mallory au sol et l'assit dos contre le mur.

— Désolé, lui dit-il, sans tenir compte de son absence de réaction. Je dois actionner manuellement la porte intérieure avant que la limace rouge ne casse tout et ne nous coince ici…

Il joignit le geste à la parole et tira sur l'épaisse barre métallique qui permettait l'ouverture. Le mécanisme joua difficilement et le panneau glissa d'à peine un centimètre... L'emportant sur le pronostic déjà pessimiste du cybride, la première charge du sorfal avait suffi à le fausser.

Torg se demandait comment forcer le passage quand il reçut un appel de Jazz :

— Gros poilu ? J'ai une mauvaise nouvelle.

Il se contenta de répondre par un grognement. L'Intelligence Naturelle poursuivit :

— La fusion du réacteur a démarré plus tôt que prévu, je ne sais pas pourquoi. Dans dix minutes, ce caillou qui sert de station spatiale va être vaporisé...

À ces mots, Torg perdit patience et se décida à arracher l'épaisse barre en acier du mécanisme d'ouverture. Il la saisit à deux mains et tira avec force. Accompagné du claquement des fixations qui lâchaient une à une, le métal grinça et plia, puis finit par céder.

Il l'introduisit dans l'entrebâillement et s'en servit de levier. Presque d'un seul coup, le lourd panneau coulissa suffisamment pour livrer le passage à un humain. Le cybride poursuivit son effort, cependant plus rien ne bougea. Il réussit seulement à tordre la barre au point de la rendre inutilisable.

Dépité, il rejeta l'objet pour se pencher sur Mallory et l'examiner. Il constata qu'elle paraissait endormie et en proie à un cauchemar. Sa tête remuait comme pour repousser une idée particulièrement pénible. Se fiant à son instinct, il la reprit dans ses bras et la serra contre lui.

Rassurée par la présence de son compagnon, Mallory retrouva son emprise sur elle-même. De bouclier, sa volonté devint une lame qu'elle lança à l'assaut du sorfal. Au milieu du néant qu'il avait créé, l'alien hurla de surprise et de rage, blessé par cette réaction inattendue. Elle sentit son esprit s'éclaircir et les manipulations du sorfal pour la briser apparurent soudainement dérisoires.

Ouvrant les yeux, elle se découvrit blottie contre le cybride. Ses grands iris bleus la fixaient avec inquiétude :
— Mallory ! J'ai cru que tu ne te réveillerais jamais !
— Où on est ? Il s'est passé quoi ? demanda-t-elle, un peu désorientée.
— Dans le sas du centre de contrôle. Cette saleté a tenté de te laver le cerveau ! Elle est presque invulnérable, j'ai dû m'enfuir pour te mettre à l'abri, mais elle nous a poursuivis. Pour finir, le réacteur de la station est entré en fusion accélérée, l'astéroïde va être détruit... Et nous avec, si on ne trouve pas un moyen d'évacuer.

Pendant que Torg répondait, la pilote s'était remise debout. Elle fit jouer ses épaules et tendit les mains vers le haut pour s'étirer, constatant qu'elle avait retrouvé la pleine possession de ses capacités.
— Je vois. Et Jazz ?
— Il a quitté les docks et a placé le *Sirgan* sur une orbite très proche. Reste à le rejoindre...

Par le sas entrouvert, elle se faufila vers l'intérieur du centre de contrôle. Rien n'avait bougé. Le maslik transformé en bombe était toujours planté au milieu de la pièce et les projections holographiques au plafond continuaient de danser au rythme des variations dans les systèmes de la station. Seule nouveauté, un compte à rebours où s'écoulaient les minutes qui les séparaient de l'explosion du réacteur, soit moins d'une dizaine.

Mallory s'installa à l'un des pupitres et parcourut les menus auxquels il donnait accès. Les sourcils froncés, elle évaluait les différentes possibilités qui s'offraient à elle.

Au bout d'un moment, elle se rejeta contre le dossier du siège et murmura :
— Ça va vraiment être juste !
Comme pour ponctuer sa réflexion, trois secousses de suite ébranlèrent le bâtiment. Le sorfal semblait décidé à en finir...
De son côté, Torg ne paraissait pas disposé à croupir entre deux morceaux de métal, aussi solides fussent-ils. Mallory l'entendait frapper et pousser de toutes ses forces. Il avait presque réussi à mouvoir suffisamment l'épaisse porte intérieure du sas pour en sortir, quand elle le coupa dans son effort :
— Laisse tomber ! On peut éjecter les panneaux. Ils sont assemblés avec des boulons explosifs, j'ai trouvé la commande d'urgence.
— Il ne restera rien pour nous protéger du sorfal, remarqua-t-il.
— Pas le choix...
Elle lui exposa son idée. Il la jugea peu convaincante, hélas, le temps manquait pour en élaborer une meilleure.
Elle reprit place au pupitre et s'apprêta à faire sauter le sas. Le doigt au-dessus de l'interrupteur, elle regarda en direction de Torg :
— Prêt ?
Ramassé sur lui-même, il se préparait à bondir dès que les portes lâcheraient.
— Ouais ! Vas-y !
Mallory déclencha l'ouverture d'urgence. Dans un fracas pareil à une rafale de mitraillette, les boulons explosifs cédèrent un à un sur le contour des portes, à l'intérieur et à l'extérieur du centre de contrôle.
Avant qu'il ne s'écroule, Torg se jeta vers le panneau dressé entre lui et le sorfal. Empoignant la lourde pièce de métal, il se précipita à l'assaut du monstrueux alien.
Protégé par son bouclier de fortune, Torg heurta de plein fouet le sorfal. Le choc produisit un son étrangement

similaire à celui d'un morceau de viande lancé sur un plan de travail.

L'alien resta juste assez inerte pour que Mallory se faufile hors du bunker à son insu.

Pour survivre à l'explosion, elle devait trouver une combinaison spatiale pourvue de micropropulseurs. Alors seulement, elle aurait une chance de s'éloigner assez de l'astéroïde. Tandis que Torg s'efforçait de conserver son avantage sur le sorfal en le cognant sans interruption, elle courut à perdre haleine dans une des coursives destinées à la maintenance.

Elle aboutit dans une petite salle, une sorte de vestiaire dont un des murs était occupé par une série d'armoires en tôle. Elle entreprit de les fouiller une à une. Après trois casiers vides et un rempli de cubes mémoriels pornos, elle commença à s'inquiéter :

— Allez ! Il doit bien en rester une !

Selon les informations du centre de contrôle, seul cet endroit pouvait abriter des combinaisons. L'armoire suivante ouverte, elle ne put retenir un soupir de soulagement : une tenue complète s'y trouvait. Elle l'enfila aussitôt, pour découvrir qu'une fois encore, elle était trop grande. Son casque verrouillé, elle ressortit dans la coursive.

Sans son navcom, elle n'avait aucun moyen de vérifier le temps dont elle disposait. Elle devait se contenter de sa propre appréciation. Si elle ne se trompait pas, elle atteindrait un accès vers la surface de l'astéroïde dans les deux minutes précédant l'explosion. Elle perdit de précieux instants à régler la radio de la tenue spatiale afin de communiquer avec Torg :

— C'est bon ! Fonce me retrouver, lui cria-t-elle en reprenant sa course.

Elle cavala sur une centaine de mètres au sein d'un couloir aux parois incurvées pour parvenir à son but. D'épais hublots se faisaient face sur chacun des battants du sas et permettaient d'observer l'extérieur. Mallory contempla un paysage rocailleux et gris, surmonté d'un pan de ciel noir où brillaient de rares étoiles. Seul un croissant rouge sombre venait égayer la vue : la planète autour de laquelle orbitait la station.

Pianotant sur un panneau de commande mural fixé à sa droite, la pilote lança l'ouverture et attendit avec angoisse que Torg la rejoigne. Le plancher se mit à vibrer sous les pieds de la jeune femme. Une boule de peur à l'estomac, elle crut l'explosion amorcée... Puis elle nota un rythme et comprit qu'il s'agissait de son garde du corps.

Un instant plus tard, il débouchait dans la coursive et cria par la radio :

— J'ai réussi à le sonner, mais il ne faut pas traîner !

Dans la foulée, il poussa Mallory à l'intérieur du sas. Pendant que le cycle s'effectuait, elle lui demanda :

— Combien de secondes avant la fusion du réacteur ?

Il parut regarder brièvement le vide et répondit :

— Trente-sept.

Une fois à l'extérieur, Mallory et Torg s'éloignèrent du gros cube d'acier planté dans l'astéroïde, au cas où le sorfal parviendrait à en sortir.

Le terrain déchiqueté et rocailleux ne leur facilitait pas la tâche, de même qu'il empêchait Jazz de les récupérer directement avec le *Sirgan*. Mallory décida qu'était venu le moment de déguerpir. Ouvrant la ligne radio de sa tenue, elle ordonna à Torg de stopper et ajouta :

— On décolle !

Elle se blottit contre son ami, qui l'entoura de ses bras en veillant à éviter les tuyères du micropropulseur de la combinaison. Au moment où ils s'arrachaient du sol, il se mit à trembler et à enfler. Au cœur du gigantesque bloc de roche, le générateur entamait l'ultime étape de la fusion et se transformait en une nova miniature.

Accrochés l'un à l'autre et lancés dans l'espace, l'humaine et le cybride précédaient d'à peine quelques centaines de mètres le déferlement d'énergie.

À travers le coin de sa visière, Mallory distingua le *Sirgan*. Noire mate, sa silhouette évoquait à la fois un losange et la pointe d'une flèche. Il pouvait voler aussi bien dans le vide spatial qu'en pleine atmosphère. En se rapprochant, son fuselage se teinta de jaune, baigné par l'intense lumière que dégageait l'explosion.

Avec une tension croissante, la pilote observa son navire tandis que Jazz le commandait. Les manœuvres d'urgence n'étaient pas le fort de l'Intelligence Naturelle. Si jamais il hésitait au mauvais moment... Elle préféra ne pas y penser.

Enfin, le navire changea de cap et fonça pour intercepter les deux rescapés dans leur course folle.

L'espace d'un instant, Mallory eut l'impression que Torg et elle allaient percuter la coque du vaisseau sans pouvoir s'y agripper, mais il vira à nouveau de bord. Il leur présentait maintenant sa partie inférieure, laissant voir la soute dont le hayon était déjà grand ouvert.

Mallory serrant Torg aussi fort qu'elle le pouvait, ils plongèrent tous deux dans le ventre du navire-courrier. Leur arrivée brutale se termina dans le fond du grand compartiment de stockage, heureusement sans mal.

Ils eurent à peine le temps de s'accrocher solidement : le *Sirgan* accéléra sèchement. Malgré la puissance de son groupe propulseur, le petit navire fut brièvement léché par les flammes. Dans la soute, la température fit un bond vers le haut, mettant à l'épreuve la combinaison de la pilote et la résistance de Torg.

Lentement, le hayon se referma et la pression remonta. Lancé à vitesse maximum, le *Sirgan* se retrouva hors de danger.

Mallory s'empressa d'ôter son casque et le reste de sa tenue.

— Merde ! jura-t-elle. On a failli terminer rôtis ! Il fait au moins quatre-vingts degrés !

— Ne te plains pas, grogna Torg. Ma fourrure va sentir le brûlé pour un mois minimum...

Tandis que le soulagement se peignait sur le visage de Mallory, la voix de Jazz jaillit des haut-parleurs de bord :

— Désolé de vous saper le moral, mais il y a une grosse bestiole collée sur la coque du vaisseau ! Il s'agit de votre copain le sorfal, je pense...

Elle quitta la soute et parcourut la coursive du navire à fond de train. Parvenue au cockpit, elle se jeta dans le siège du pilote. Un simple regard sur les hologrammes qui dansaient devant elle lui confirma les dires de l'Intelligence Naturelle.

D'une façon ou d'une autre, la limace monumentale avait réussi à se lancer à leur suite. Son épaisse peau écarlate portait les traces de la brève exposition à l'explosion de l'astéroïde. Au moins, cela prouvait qu'elle n'était pas indestructible...

— Ça suffit maintenant ! cracha Mallory entre ses dents serrées par la colère. J'en ai ma claque de la saucisse esclavagiste !

L'analogie lui rappela qu'elle mourait de faim. Avec dégoût, elle repoussa une image du sorfal en train de cuire à la broche. Décidément, Torg et son appétit démesuré déteignaient sur elle...

Attrapant les commandes, elle plongea sèchement le vaisseau vers la planète désormais privée de son petit satellite. Jazz s'alarma :

— Capitaine ? Qu'est-ce que t'as en tête ? Tu comptes pas l'écrabouiller à la surface j'espère ?

Le sol approchait à une vélocité ahurissante, pourtant elle ne ralentit pas. L'Intelligence Naturelle hurla de terreur quand Mallory redressa l'appareil *in extremis* et le fit pivoter brusquement. Torg, qui venait d'arriver dans le cockpit, s'agrippa de justesse au siège du copilote.

Le *Sirgan* volait sur le dos, à trois fois la vitesse du son. Toujours accroché à la coque telle une horrible sangsue boursouflée, le sorfal ne pouvait pas bouger sans risquer de lâcher prise.

L'œil exercé de Mallory repéra une chaîne montagneuse semée de volcans en activité. Le cap droit dessus, elle accéléra encore. À ce moment, Torg lui-même s'inquiéta :

— Mallory, t'as vraiment besoin d'aller à tombeau ouvert ?

— La grosse loche m'a foutue en rogne ! se justifia-t-elle.

Devant le vaisseau, le volcan s'approcha rapidement. Toute à son art, la pilote plissa les yeux et évalua les distances. La paroi montait en pente douce, pour aboutir à un large cratère rempli de lave rougeoyante. L'écart entre la coque et le terrain rocailleux se réduisit en un clin d'œil.

Le sorfal entra en contact avec les rochers et fut brutalement détaché du *Sirgan*. Le choc le broya en partie et il roula en direction du sommet tandis que Mallory redressait le navire en dessinant une superbe chandelle.

Entraîné par l'inertie accumulée lors du vol en rase-mottes, le sorfal rebondit en direction de la bouche du volcan et percuta chaque obstacle qui se trouvait sur son chemin. Du corps martyrisé s'échappait une quantité invraisemblable de fluide et d'organes. Parvenu au bord du cratère, il bascula lentement et chuta vers le lac de roche en fusion. Dans une gerbe de lave, le gigantesque cadavre s'enfonça au sein de l'épais liquide et s'embrasa. Il flotta quelques secondes, puis sombra définitivement.

La planète volcanique laissée en arrière, Mallory stabilisa le navire puis relâcha les commandes. Enfin détendue, elle déclara :

— Tu parles d'une escale ! La prochaine fois on fera le trajet sans s'arrêter...

Remis de ses émotions, Jazz rétorqua :

— Vu que j'ai fait sauter les lieux sur tes ordres, la question ne se pose plus !

Elle haussa les épaules :

— Je préfère ça plutôt que de savoir une saleté comme le sorfal en liberté.

D'une voix devenue songeuse, il poursuivit :

— Dis, Mallory… Ton père n'a pas aussi bousillé une station à l'époque ?

— Et alors ? C'était en pleine guerre et il n'a pas eu le choix ! protesta-t-elle.

— Les gens ne se priveront pas de bâtir des légendes pour si peu, précisa Jazz avec son cynisme habituel.

— Une bonne raison pour rester discrets sur le sujet.

— Exactement. Au fait, l'explosion a dû détruire le brouilleur installé par les masliks. Les communications étant rétablies, j'ai reçu un message de nos employeurs. On nous attend dans le système d'Aldébaran : une de tes récentes rencontres. Tu vois de qui je parle ? questionna narquoisement Jazz.

Tandis que des roses s'ouvraient parmi les ronces de ses tatouages sensitifs, Mallory eut un large sourire…

CHERS LECTEURS…

Je vous remercie d'avoir lu cette histoire. En tant qu'auteur indépendant, me faire connaître auprès de futurs lecteurs est très important pour moi.

Si vous avez aimé cette nouvelle, n'hésitez pas à laisser un commentaire sur le site où vous l'avez achetée…

Philippe Mercurio

Rejoignez l'équipage du *Sirgan* !

Inscrivez-vous à la newsletter et recevez gratuitement :

- La nouvelle « Station en péril » (ebook et audio)
- Le guide illustré de l'univers de Mallory Sajean (ebook réservé exclusivement aux abonnés)
- Le début du roman fantasy « L'arbre au bout du monde »

Visitez nogartha.fr

Également disponibles :

MALLORY SAJEAN 1 – Incident sur Kenval
MALLORY SAJEAN 2 – Aldébaran divisée
MALLORY SAJEAN 3 – Vlokovia Disparue

L'Arbre au Bout du Monde (Fantasy)

REMERCIEMENTS

À mes relecteurs, Marion et Étienne, pour leurs remarques pertinentes et toujours bienveillantes.

À ma femme, pour sa patience et ses encouragements.

www.ingramcontent.com/pod-product-compliance
Ingram Content Group UK Ltd.
Pitfield, Milton Keynes, MK11 3LW, UK
UKHW041948230426
12048UKWH00008B/205